이 모든 건
그냥 만들어지지 않았다

이 모든 건 그냥 만들어지지 않았다

초판 1쇄 발행 2020년 6월 29일

지은이   서지영
펴낸이   조전희
펴낸곳   도서출판 새라의 숲
디자인   박은진

출판등록 제2014-000039호(2014년 10월 7일)
팩스   031-624-5558
이메일   sarahforest@naver.com

ISBN 979-11-88054-19-0 03800

이 도서의 국립중앙도서관 출판시도서목록(CIP)은 서지정보유통지원시스템(http://seoji.nl.go.kr)과
국가자료공동목록시스템(http://www.nl.go.kr/kolisnet)에서 이용하실 수 있습니다.
(CIP제어번호: CIP2020026030)

이 모든 건 그냥 만들어지지 않았다

서지영 시집

새라의숲
SAERA FOREST

작가의 말

벚꽃처럼 사라질 내 감정을 기록하고 싶었다
일기를 쓰면 그만인데
이 넋두리 왜 남기려고 하는지
내가 쓴 시를 왜 당신이 읽어야 하는지
아마 모든 것은 사라질 걸 알기 때문이다
우리의 사랑조차 사랑했는지조차
은유법은 이제 더 이상 통하지 않는다
본질을 더 잘 표현할 비유는 없기 때문이다
그래서 현대 시인들은 딜레마에 빠진다
나와 당신이 소통한다 해도
분명 또 하나의 트릭이 있다

완전한 코드 해석은 없다
그래서 오픈 코드의 시를 쓰고 싶었다
난해하고 무의미한 현대 시에 지치고 화가 나
최소한의 해석만 필요한 언어의 본질적 의무를 다하는……
불필요한 언어의 미로를 만들고 싶지 않았다
가급적 그냥 그대로의 표현을 하고 싶었다

결과적으로 시들은 유치해졌다
현학적이지도 않고 세련되지도 않고
시저 긴장감도 많이 잃었다
하지만 얻은 것이 더 많다
가식 없고 편한 시 또 읽고 싶은 시

2020년 6월, 서지영

차례

둘

데스death

셋

_____

데스death**,**
유전자

넷

데스death,
상대적 존재

다섯

3일만
볼 수
있다면

쉽게
쓰여진
시

코로나

902호 옆집에 V자 주홍글씨가 표식되었어
이제 그는 99541번 확진자일 뿐이야

너와 나는 같은 유전자 덩어리지만
너는 몸뚱이조차 없기에 아주 이기적이고 자유롭지
하얀 마스크 속에 가두려 해도
너는 연인에서 연인의 입으로
친구에서 친구의 입으로
메두사의 머리카락처럼 슬며시 흘러나와
지글거리며 이 봄을 물들이고
너의 눈을 멀게 하고
인간과 인간의 사슬을
모두 끊어 버릴거야
도시에 숨어있는 마지막 한사람까지

크리스마스 때 너의 첫 소식을 들었지
노엘(NOEL)은 아니었어
원래 너희 종족은 착했어
하지만 너는 변했고―인간의 친근함에 샘을 낸다고

바다 건너 아주 먼 곳이기에
사랑하는 사람들이 있는
여기까지
못 올 거라 생각했어
너의 교활함을 너무 몰랐던 거지
우리의 친절함과 외로움을 이용할 줄은
너는 인간의 부드러운 숨결에 숨어
닌자처럼 나타나 여기저기서
살인을 저질렀지

언제부턴가 너는 구차스러운 껍질을 버리고
알량한 유전기계로 해탈했어
너에게는 통증도 두려움도 사라졌지만
사랑도 관계도 사라졌지
하지만 우리는 몸뚱이를 고수했어
그 대가는 처참했지
죽을 때까지 사라지지 않는 신경계의 통증을 알게 되었어
사랑하는 사람의 아픔을 더욱 아프게 느끼는
하지만 우리는 후회하지 않아

단 하루를 살아도
우리는 관계의 아름다움을 아니까
천만 년을 살 DNA보다
우리는 죽어가는 존재의 의미를 아니까

너도 변명은 있겠지
너를 불러낸 것은 우리니까
수억 만 년전 공룡을 멸종시키고
은밀하게 숨어 살고 싶어하던
동굴 속 절대 반지―코로나 너를
음모론의 주인공으로 화려하게 데뷔시켰지
너는 원치 않는 킬러가 되었어

미안해
다시 동굴로 들어가면 안되겠니
이웃집 아기의 뺨에 입맞추고 싶어
인간의 숨결을 다시 가까이하고 싶어

먹을 가지고 놀면 먹이 손에 묻지
방사능을 가지고 놀면 방사능이 손에 묻지
코로나를 가지고 놀면 코로나만 사는 신천지가 되지

미안해
내 기억속의 원래 네 이름으로 돌아가다오
상큼한 레몬 조각을 곁들여 해변에서 마시던
예쁘고 투명한 병에 담긴 파티 음료, 코로나로

어느 여름날의 소나기

가깝게 다가오는 한낮의 뇌우
지겨운 부활절 날 긴긴 미사 후
해방된 듯 하늘 문이 열리고
격렬한 사랑이 강림한다
정원의 작약이 줄기째 요동치고
붉은 꽃잎들이 땅바닥에 뿌려진다
먼지 가루가 천지에 피어올라
대지의 향기가 사방에 진동한다
천지창조의 서막이라도 되는 듯
이전도 이후도 없을 것처럼
듣고 있던 FM을 끈다
어느 소리도 감히 어울릴 수 없는
여름날의 빗줄기

그대 만나기 전에는

언제나 나는 혼자였다
비가 내리는 날
따뜻한 커피를 들고 칭가에 서면
빗물은 벽을 통과하여 내려와
좁고 메마른 가슴 사이를 흘러
화려한 오렌지 칼라 엄지에 칠한
내 긴 발가락 아래 흥건히 고였다

혼자였기에 참았다
누군가의 빈 가슴에라도 뛰어들고 싶었고
베란다 가득한 책 무더기에도 파묻히고 싶었다
나를 좋아한다는 아무개의 프러포즈도 받고 싶었다
그때는 나를 녹이면 사랑한다는 그들의 이름이
청동석 조각으로 새겨질 줄 알았다

그대 만나기 전에는

내 낙타만큼 긴 눈썹 눈동자는
컬렉션 은화처럼 빛나고
플라멩코 블라우스와 펜슬 스커트면
은하와 영혼이 흐르는 별들의 흐름도
나를 향해 바꿀 수 있다고 생각했다
나 지나가는 길
꽃잎들도 내 발 끝에
부끄러워 고개 떨구는 줄 알았다

그대 만나기 전에는

또 다른 나

눈이 부시다 마음마저 부시다
각을 세운 건물들 위로
겹쳐지는 아픈 얼굴들
어느 날 꿈속이었는지
싸늘한 그대 가슴 안았고
그 안에서 내비쳐진 빛깔은
파란 하늘이 아니었다

온 세상은 푸르름에 덮여 가고
머리 위 하늘은 곱디고운데
내 몸은 이제 물기 마른 잎새
흔들리는 넝쿨 되어
허리는 벗기우고
피부는 납빛으로 말라갔다

햇살이 스머드는 기억의 틈새마다
미처 붙잡지 못한 조각들이
잊어야 할 서러운 사연으로 남아
가슴 한구석 아릿한 채로
하늘 가득 흩뿌렸다

먼 하늘 아래서 잠시 꿈을 꾼 듯
서글픈 그리움으로
하나 둘 새로운 창을 만들고
어느 순간부터인가
친숙한 나의 일부가 되어버린
또 다른 나
나 아닌 나

의지 will

중력 전자기력 강약력 약약력
이 세상의 모든 힘이란다
하나 더 추기 ─ 그건 의지
내가 그대에게 다가가고
그대와 입 맞추고
그대 없는 세상을 살아가는 힘
황무지 계곡에 초승달이 뜨고
돌보지 않아도 백합꽃 피어나는 마술
엔트로피 법칙에 반항하는
오직 하나의 힘
그건 너와 나의 의지

이 모든 건 그냥 만들어지지 않았다

갈색 나방의 날개에 찍힌 선명한 태극 문양을
어항 속 열대어 플레임 엔젤의 알록달록 줄무늬를
허밍버드의 날갯짓과 부리에 묻은 화초 꿀을
무한 반복의 프랙탈 물결무늬 스카프와
알람브라의 아라비아식 타일 장식들을
나는 안다
이 모든 것이 그냥 생기지는 않았다

2.4kg의 사랑이가 지금 40kg이 넘지
항상 육각형 대칭으로 만들어지는 눈의 결정체의 비밀과
음식 몇 조각만 먹어도 잘 작동되는 내 몸의 신비와
약간 기울어졌다는 지구가 수억 년 오늘도 잘 돌아가는 것과
9번 교향곡의 4악장의 불협화음이 더없이 조화로운 것을
나는 안다
이 모든 건 그냥 만들어지지 않았다

원근법조차 무시하고 조각난 피카소 그림의 흡입력과
어느 시인의 소네트 한 줄 언어의 소름과
내셔널지오그래픽의 놀라운 앵무새 사진들과
두 공간을 지나간 한 마리 고양이의 양자역학적 운명과
남이섬에서 만나 점심 식사를 같이한 다람쥐 꼬리털의 숫자를
나는 안다
이 모든 건 그냥 만들어지지 않았다

감시가 너희를 자유롭게 할지니

난 파리 센 강변 생트샤펠 성당 근처에 살지
하지만 그들은 그냥 파리 11-109bF 지역이라 불러
11구역-109bF에는 외눈박이 신도 함께 살고 있지
언제나 우릴 보호해 주기 위해
혹시 침대 다리라도 부러져 다칠까 봐
내 침실을 열심히 엿보고 있지
그 너머엔 어떤 괴물이 낄낄거리고 침 흘리며
햄버거를 먹고 있을지 아무도 몰라
우리는 감히 신을 대면할 수 없거든
왜냐하면 신은 자기 사생활이 있으니까
우리는 그들을 존중해 주어야 하니까

다행히 위대한 오웰의 예언은 빗나갔어
1984년은 오히려 낭만의 시절이었지
빅 브라더가 좀 늦게 도착했거든
하지만 이제 밤하늘에는
별보다 많은 인공위성이 빛나고 있어
커다란 렌즈를 껌벅이며 우주가 아닌

아이들이 뛰노는 잔디밭과 주황색 기와지붕들을 향하고 있지
내 신발 끈에 내려앉은 무당벌레도 볼 수 있는 걸

이제 당신은 당신만의 비밀을 가지고 싶다면
절대 아무 행동도 하면 안 돼
그냥 상상만 해야 해
쉿! 그리고 절대 잠들지 마

알고 보는 장면

봄바람이 창문 밖에
수줍게 서 있어서
어서 열고 인사하고 싶지만
두꺼운 문풍지 가로막고 서 있네

끝 장면을 알고 보는 드라마는
좀 싱겁지만
매 해 오는 결말은
왜 이리 흥분되는지
올 것이 온 것인데

베란다 때 묻은 토분
하나하나
아기처럼 닦아주며
길어진 봄 햇살
발가락 간질이는
2월 28일 11시 한 컷!

벚꽃

시를 쓰겠다는 생각은
일주일간 떨쳐버리기로 하자
이즈음 시즌에는
그냥
벚꽃같이
그냥 벚꽃같이
두 마디면 충분하다
이렇게 꿈결같이
봄날을 보내자

꽃잎 속에 꽃잎 또 꽃잎
무한수열의 그리움 속에
봄날은 간다
나에게 남겨진 나날이 짧을수록
벚꽃은 눈부시게 보이는 것
누군가 이 계절이
종말의 의식을 하기에
완벽한 일치라 하지 않았나
우리도 어느 해 봄날처럼

눈부시게 피었다가
한 잎 한 잎 떨어지자

너를 알고부터 알아버렸다
그 어느 것도 소중하다는 것
그 어느 것도 사라진다는 것
그래도 이 봄날
꽃잎 하나 땅에 떨어질
일각만큼
살아 있다는 것
충분하지 않은가!

연꽃

난 오늘 아침 빅뱅을 보았네
하늘에 펼치면
열린 우주만큼 넓고
밤 호수에 띄우면
닫힌 진주처럼 신비로운
그대를 만났네
천년에 한번 피는 꽃
세상을 희게
세상을 고요하게
수면에 누워 하늘을 떠받치는
푸른 부챗살 줄기
달빛 몰래 솟아올라
아침 태양을 가리는 싯다르타 꽃
건너편에 있는 당신 부르면
수면 위를 스치며 걸어올 듯
한 걸음에 한 잎
또 한 잎
그저 푸르게 아스라하게
당신은 저편에 나는 이편에

라일락

과수원 언덕 길가 살구나무집
담 벽에 기대어 걷던 그때의 밤처럼
가슴 설레게 유혹하는
보랏빛 화려한 꽃향기

오늘은 아파트 숲의
회색 경계를 타고 넘어
꿈꾸듯 아득히 스치는
은은한 푸른빛 향수

라일락이란 이름만으로
불가항력 마취제처럼
묘한 공기의 숨결 느껴지고
감당하기 어려운 나의 홍조
감추기 어려워 고개 돌리고

어스름 저녁 빛
당신의 입김에 에워싸여
당신도 느낄 만큼
들켜버린 내 심장 박동 소리
이 순간 온 세상을 독점하는
라일락 꽃향기

버들강아지

얄밉게도 내민 몸뚱이
통통히 물오른 가지마다
보들부들 아리따움
구부러지고 휘어지고
바람에 흔들려도
변함없는 요염한 매혹
잿빛 흰빛 솜털 섞여
분홍 바람 타고
강가에서 잠시 머물고는
뽀얀 가슴 속살 톡톡 터뜨리네

하루 사랑

오늘이 오면
그래
오늘 하루만 당신을 사랑하자 합니다

다시 오늘이 오면
그래
오늘 하루만 당신을 사랑하자 합니다

다시 오늘이 오고 다시 오늘이 오면
그래 오늘 하루만 당신을 사랑하자 합니다

내일은 나도 알지 못합니다

내 사랑은 언제나

독한 거 아니구 방어하는 거
차가운 거 아니구 참는 거
굳은 거 아니구 어색한 거
거친 거 아니구 안 해 본 거
내숭 아니고 원래 그런 거
추운 거 아니고 떨리는 거
도망친 거 아니구 안 쫓아온 거
실수한 거 아니구 처음 해보는 거
화난 거 아니고 화끈거린 거

내 사랑은 언제나
여우 아니고 여자인 거
마지막 아니구 처음인 거

사랑이 뭔지 잘은 모르지만

소월 시

그대 차마 떠나시려거든
버선코 모양 뱃머리에
올빼미 눈물 한 방울
살짝 떨구고 가시구려

강물 바닥이야
한 점 빗방울 자취 아니냐만
뜬 눈으로 밤새운
여인 눈 어름에 고인
초야의 이슬

돌아서 육백 리
삼수 갑산 돌아
그대 다시 이 강에 오거든
여기저기
피 묻은 꽃잎이
쏟아져 내리리니

저무는 봄
나부끼는 강물 포말에
내 예쁜 얼굴 단청 얼룩져
진달래 지짐이 꽃잎처럼
서럽게 서럽게 사라지리라

매지리 호수의 별 헤이는 밤

마지막 생리식염수가 내 혈관에 스며들자
저는 이내 저항 없이 잠들었습니다
이곳은 이국 땅 교토입니다
저는 이곳 낯선 도시샤 대학에서
제 짧은 연시를 끝내야 할 것 같습니다

지금 바라보는 우지에 사찰 앞에는 아름다운 호수가 있습니다
먼 훗날 조국의 후배들이 바라볼 매지리 호수처럼 맑습니다
초봄이 다가오지만 저에게 얼마 시간이 없습니다
올해 가을의 별 헤이는 하늘은 아마 보지 못할 겁니다
일본해에서 가져왔다는 실험실의 식염수가
한 방울씩 제 혈관을 파고듭니다

극심한 고통이 블러드에 시를 써 내려갑니다
미안합니다, 저의 저항은 여기까지입니다
하지만 사랑하는 조국이여―그대는 끝까지 저항하십시오
진달래―릴케―꽃사슴―이름 모를 아이들―금모래 빛
―깡깡 여우
당신이 사랑하는 모든 것들을 위하여

호수의 바람은 어디서 부는가!
내 스물일곱 괴로움은 어디서 멈출까!

―먼 동주별에서―

겐지 이야기: 하하키기

철없고 사랑스런 그대
다가가면 환상으로
사라지다는 전선 속 나무
그대인가

나의 스무 살 성인식 날
사과 꽃무늬 머리끈 동여매고
가는 목덜미 묶어 올린
짙은 흑갈색 머리카락
그대 풀어 처음 머리 올릴 때
우린 밤새 떨고 있었지

그대의 숱한 바람기
앞가슴 하나로 헤아리다가
이제 남은 것은 깨물지 않은
손가락 하나
그리고 질투뿐

흐드러진 여름 꽃
아름다움 가리기 어려워
나는 오직하나
가을 패랭이꽃만 좋아하네

그대와 만남은 항상 꿈인 듯 자정인가
하오의 정사는 부끄러움인가
다가가면 사라지는 하하키기

그대 떠난 나무 아래
내 속옷 남겨놓고
언뜻 본 밤 나팔꽃처럼
사라진 그대

쉽게 쓰여진 시

유관순 언니의 손톱도 잊었다
15초조차 슬프지 않다
테이블에 먹다 남은 간장치킨이 나뒹군다
온 채널이 먹방이다
바보가 바보 세상에서 똑똑해진다
도대체 배고픔과 피로와 창백함과
허무와 부조리와 pain은 어디에 있나!
아무리 찾아보아도
손톱 밑 가시조차 없다
감각의 제국에 고통은 없다
온통 타이레놀 껍질뿐
하루가 잘 지나간다
시가 아주 쉽게 쓰여진다

자화상

당신을 만난 그날 나는
거울에 비친 모딜리아니의 연인 잔느를 보았네
목이 길어 애잔한, 팔이 길어 신비한
이미 보이지 않는 내 눈동자는
당신 뇌리를 텅 비게 만들고
알코올에 적셔진 심장을 노출시켰지
우리를 통제할 유일한 빗장은
오래되고 지루한 세상의 관습뿐
그날 남긴 수많은 초상화는
고고하고 미칠 듯한 자화상들이야

평범한 이야기는 어제까지야
오늘의 일상은 이제! 굿바이!
난 더 이상 아무것도 볼 수 없는 걸

둘

데스_{death}

데스death 1

너는 길 건너편 어디선가 미소 지으며
나를 보고 있지
넌 지나치게 긍정적이야
살인자에게도
살인을 당한 자에게도
살인을 판결하는 자에게도
그 누구에게도 공평하거든
내 생애 가장 행복한 순간
나를 찾아올 거야
누구도 도망칠 수 없어
너는 그냥 미션이라
누군가에게는 무와 유의 선택이야
평생 모은 내 소중한 메모리를
부숴버리고 녹여버리지
다시 켤 수 없어
엔딩 단추니까
몇 초 후에 부팅될 듯하지만
룩소르의 무덤처럼 수천 년 후에나 발견되지
다들 부활이니 윤회니 반복이라 떠들지만

겁먹은 자들의 변명이야
또 누군가는 용감한 척 외치지
너 따윈 신경 쓰지 않는다고
낭만으로 포장하고
허무의 장난처럼 치부하지만
그의 이마에 곰팡이가 피어나기 시작하면
울부짖으며 거울을 깨버리지
너는 존재의 시간과 언제나 평행하지
길 하나만 건너면
아니 강 하나가 멋진 표현인가?

데스(death) 1

서지영

너는 길 건너편 어디선가 미소 지으며
나를 보고 있지
넌 지나치게 긍정적이야
살인자에게도
살인을 당한 자에게도
살인을 판결하는 자에게도
그 누구에게도 공평하거든
내 생에 가장 행복한 순간
나를 찾아올 거야
누구도 도망칠 수 없어
너는 그냥 미션이라 하지만
누구에겐가는 누군가에게 주는 부의 유희
평생 모은 내 소중한 메모리를
부숴 버리고 녹여버리지
다시 켤 수 없어
엔딩 단추니까
몇 초 후에 부렁 켤 듯하지만
특소르의 무덤처럼 수천 번 죽여내 버려라
다들 부활이니 윤회니 반복이라 쓸쓸히 웃네
검먹은 자들의 변명이야
또 누군가는 용감한 척 외치지
니 따윈 신경 쓰지 않는다고
낭만으로 포장하고
허무의 장난처럼 치부하지만
그의 이마에 꽃망울이 피어나기 시작하면
울부짖으며 거울을 깨버리지
너는 존재의 시간과 언제나 평행이야
길 하나만 건너면...

(YouTube 낭송 - 서지영 시 부르는...

백합

그곳은 꽃 무덤 같았어—꽃잎들이 나를 가려주었지

뮤지컬은 시작되었지만 나는 멈출 수 없었지

머리는 헝클어지고 옷매무시 살짝 무너졌지

그래도 난 당당하게 너의 향기를 맡고 있었어

그 멋진 피날레를 어찌 잊겠어

모든 약속을 뒤로하고 집으로 왔지만

아무것도 손에 잡히지 않았어

그저 설렘에 빠져 잠이 들었지

방안 가득 그대가 준 순백의 백합 향

취해버린 듯 황홀한 코끝

코피가 터지기 직전이었지

꿈속에서 다시 꿈을 꾼 듯 아득한 시간 속에

점 하나 보이지도 들리지도 않았어

온몸이 너의 고결함에 질식되어

감미로움에 점유당한 채 몸이 마비되었지

너에게

랭보의 기쁨

왕의 들것을 만들어라

아프리카의 태양과 바다가 만나는 곳

그곳에 가 나 날아오르리라

인간의 도덕과 관습에서

그리고 고백하리라

갈라진 영혼들의 덧없음을

신들의 저능함이여 해체되어라

광대들의 웃음이여 흔들어라

수만리 항해의 미풍을

바람은 곧 변신하여 낡은 성문 안 휘장을 뒤흔들고

옛 겨울 축제 팡파르에 뜨거운 붉은 기운 돌게 할 테니

집시의 혀 놀림을 무시하지 마라

그들은 귀족들의 양귀비꽃 욕망을

목을 비틀어 진창 속으로 사라지게 했다

이제 곧 봄날 라일락 축제 시작일

의기양양 금속 나팔소리 하늘에 가득 차고

이베리아 반도 끝—바다와 태양이 녹아드는 곳

그곳에서 나의 사형집행인을 만나

터진 구두를 질끈 매고 영원히 그곳에서 춤을 추리라

너를 초대한다

내가 연어를 먹는다
몇 생을 돌아 태어난
붉은 살을 먹는다
은하의 회전보다 더 빠른 물줄기를
역행하여 솟아오른 너는
일상의 반복을
허무의 찬가를
수직으로 부정한다
봄 끝 한순간
자목련이 잎을 떨어뜨린 순간처럼
찬란한 슬픔을 안고 내뱉는다
수 억 마리의
꽃잎을
윤회를 믿던
한여름의 찰나
반딧불을 믿던
너는 아직 생명이 붙어 있는 자
흔들리며 부르르 떨며
또 하나의 생을 보탠다

물푸레 강가 아래
이승에서

유리거울

길 건너 바깥 건물이 보이던 유리창이
어둠이 내리면서 유리거울로 변한다
마치 쇼윈도처럼 그 안에는
프랑스식 심야식당에 에멘탈 치즈요리를
먹는 아름다운 연인이 마주 앉아있다
내가 오래전부터 기다려온 파란 꿈속이다

어느 여류 페미니스트가
행복의 정점에는
항상 상실의 불안감이 있다 했던가?

나는 고운 꿈 즈려밟고 체념하며
도망가고 싶다―아니 그가 도망가게
뒷문이라도 활짝 열어놓고 싶다
초초한 긴장감에 마치 빨리 승부를 끝장내려
떨리는 눈동자로 이 모든 걸 끝내버리고 싶다
마치 죽을병이라도 걸린 듯이

이때 시곗바늘이 자정을 가리킨다
나는 아무 말도 하지 않고 일어나
네 리볼버 총에 장전을 한다
한 발을 쏜다 나의 페미니즘에
한 발을 쏜다 진달래 길에
한 발을 쏜다 유리거울에
한 발을 쏜다 내 죽을병에
나머지 두 발은 허공에 쏜다

온 세상에 알리려고 축포를 쏜다
우린 사랑한다고

4월

어쩌면
첫사랑 이후
내게 가장 잔인한 달 4월이 아니었을까?

눈송이 꽃송이가 날리듯 그렇게
가볍고 산뜻하게 다가온 사람

밤하늘 벚꽃 치장하여
내 눈 속에 머물고는

미처 붙잡지 못한 봄바람
너무 연연해하지 말라 하네

진달래빛 지고
4월도 보내네

무방비 가슴

여름이 왔어
여름은 보여주는 계절이라 하였나?
감추려 해도 속살 다 드러내는
정직한 계절

내 말에 무슨 화가 났는지 벌떡 일어나 가버리고
난 늦게까지 기다리다 자리에서 일어섰어
그냥 무작정 걷다가 길가 공원에 앉았어
곧 이슬이 내리겠지

이기적인 표현 같지만
오늘은
무지 아프고 힘든 하루였네
어찌할 바를 모를 만큼

사랑한다는 것은
가슴 한쪽을 비워내는 일
나머지 한쪽도 이제
내 것이 아닌 내 것으로 사는 것

누구에겐가 커피는

언제나 아침의 순간은
푸성귀처럼 신선한 감각인 줄 알았다
하지만 이제는
너 없이는 느낄 수 없는
- 카페인의 절박함 -

이른 아침마다 너와 마주했다
의연한 척 나를 부축하던 시간들
작은 머그 컵 속에 녹이던 청동 심장
을씨년스런 가을비가 올 때
겨울날 아지랑이처럼 피어오르는 스팀 곁에서
오그라진 내 가슴을 파고들어 위트와 해피니스를 주었다
가물어 땅이 쩍쩍 갈라지던 여름날
얼음 사이로 뜨거운 커피가 녹아들 때
너는 차가운 비평가가 되어 위장을 내려왔다
초록과 야단스런 빛깔이 봄기운의 최고점을 맞을 때도
너의 향기는 달콤한 봄의 나른함에 지지 않고
부서진 심장의 펄스를 다시 뛰게 했다
그 불가사의한 비밀 앞에 오늘도

커피 거품 속 원을 그으며
중심반경에 이름 하나 내린다
누구도 못 빠져나오는 블랙홀 속으로

능소화 파티

당신이 입 맞추던 내 루주 빛 꽃나무
간질이면 금세 깔깔거리며 자지러지고
소매 엮어 꼬인 듯 기냘픈 배암 줄기
껍질 벗겨 비벼보면 플라멩코 파우더 향
지나가는 휘파람에도 온몸을 떤다

자줏빛 왕관 다발 열 손가락 반지 끼고
떨어지는 꽃잎 자국 열병 앓은 짝사랑 꼴
홍조 띤 요염 자태 꽃가지 흔들리며
올여름 싱글들의 화려한 끝자락
붉은 입술 덧칠하며 이렇게 지나가네

아카시아

아카시아 잎줄기 하나씩 떼어내며
당신은 날 사랑한다
당신은 날 사랑하지 않는다
당신은 날 사랑한다

스치는 강한 향기에 차를 세웠지
잠시 차 문을 모두 내리고
이름 모를 그리움을 찾아 숲을 바라본다
이맘때 흰나비들이 숲에서 춤을 춘다
하얀 빛들이 바람에 반짝이며
완성된 그대로의 퍼퓸이 퍼져 나온다

흔들리며 분출하는 하얀 아카시아 진액은
온몸에 스며들며 샤워를 한다
초여름의 입구에서 맞이하는
상큼한 순백의 달콤한 향
낮은 가지의 꽃다발 줄기를 꺾는다
뾰족한 가시는 너의 매력이지
하얀 꽃다발 엮어 차에 두었지

하굣길 첫사랑에게 받은
두 손 가득 건네주던 꽃방울 생각하며
이제는 다시 못 올 꿈같은 기억의 꽃길
끝에 두 개 남은 마지막 잎새 모른 척 떼어내며
순서를 바꾸었지

당신은 날 사랑하지 않는다

당신은 날 사랑한다

길들여지기

당신이 사준 패딩 재킷
긴 내 팔이 삐죽 튀어나온다
미련 없이
손목을 뎅강 잘라 버린다

나는 아메리카노
당신은 카페라떼를 시킨다
재빨리 휘핑크림을 듬뿍 붓는다

7번 국도 해안가 드라이브
커피와 브런치 생각이 간절한 11시다
당신이 선지 해장국집 앞에 차를 세운다

당신의 거친 운전으로
대시보드에 몸이 부딪친다
너무 재밌다고
깔깔 웃는다

새벽 2시 습관처럼 잠에서 깬다
당신은 곤히 잠들어 있다
아침까지 눈을 감는다
악착같이

알까요

당신은 알까요
술 한 잔 마시지 못하는 나
당신 막걸리 잔 버릴 수 없어
그날 밤새 장운동 한 것을

당신은 알까요,
요리 한번 못 해본 나
당신 주려 스테이크 오븐에 급히 굽다
새끼손가락 밤새워 냉찜질한 것을

당신은 알까요,
무서워 기차 한번 안 타본 나
당신 따라 열차 플랫폼에 들어갔다
밤새 악몽 시달린 것을

당신은 알까요,
이 밤 지나면 떠나갈 당신 위해
밤새워 우리 집 짓는
이야기 들어준 것을

당신은 알까요,
따끈한 사케 두 손 잡아 입술 데이며
당신 옛사랑 이야기 들을 때
가슴 깊이 울화 치밀어 오른 것을

당신은 알까요,
연두 콩깍지 까서 콩 한 알 당신 입에 넣어주던
우동 속 모시조개 열어 골라주던
내 손길의 살짝 떨림을

콩깍지 씌워지던 날

일 초 후 나는 일루전(illusion)의 감옥에 갇혔지
스스로는 절대 벗어날 수 없는
갑자기 온 세상 유리문들이
나를 향해 반갑게 빛났어
통장이 빈 은행 문조차도 반갑게
시간은 당신의 존재를 쫓아다녔고
당신 명령에 나는 Yes와 No로 구분되었어
하늘에 슈퍼 레드 문이 떠도
모두 불길한 징조라 외쳐대도
붉은 달빛은 산산이 흩어져
하얀 꽃가루처럼 내 머리 위에 내려앉아
신부의 부케를 만들어 주었지
당신의 검은 침은 투명하여
내 입술 넘어 목구멍에 들어와
보궁 같은 달달한 욕구로
내 갈증을 단번에 중단시켰지
온 우주는 나를 향해 완벽히 운행되고 있었어

콩깍지 벗겨지던 날까지

8일간의 사랑

진달래 피고 목련꽃 지면서
어느 미술관에서 첫 데이트를 하였지
지나가는 관람객 눈치를 보면서
어렵게 마주한 야외 카페 테이블
늦게 핀 산벚꽃이 우리를 둘러싸고 있었지
주위의 시간을 아랑곳하지 않았어
그저 서로만 바라보았지
아마 순간 번갯불도 친 거 같아
하지만 이 시간이 영원히 이어질 수 없다는 것을
서로 알고 있었어

붉은 벽돌담 정원 달린 카페에서
서로의 뮤즈를 찾는 것은 아주 쉬웠어
시간은 펄펄 뛰는 심장도 멈추게 하며
시간은 우리의 체액도 곧 증발시킬 거야

봄 안개 낀 몽롱했던 날들
하얀 꽃 자욱이 내리던 8일은 점점으로 지나갔어
우리는 마지막으로 서로의 블러드를 빨아먹었지

몸은 곧 마른 꽃잎 드라이플라워가 되었어
우리의 영혼이 남아있는지는 모르겠어
그저 온통 그리움뿐이었어
심한 갈증 같은
그립고 보고 싶어 울고 또 울었어
누군가 움푹 파인 내 눈가 구덩이에
붉은 꽃잎 두 장 덮어 주었으면 하고

스머프 마을

그 해는 소나기 무던히도 자주 내렸어
노란 우산 속 초등 소녀였지
작은 동네 마을은 우리에겐 온 세상이었어
엄마는 아니 우리 엄마는 소낙비가 올 때마다
우산을 갖고 오셨고 그 아이는 혼자 남았어
우린 금세 단짝이 되었지—비가 오면
나는 엄마 손이 아닌 그 친구 손을 잡고 집에 갔지
그땐 왜 몰랐을까—그 애 엄마가 왜 올 수 없는지를
얼마 후 마을에 장례식이 있었지
예측했겠지만 단짝 친구의 엄마였어
그 후 우리는 친구가 될 수 없었어
그 애는 달라졌어
그 친구에게
난 그저 엄마 있는 행운아일 뿐
어떤 위로의 말도 뒤틀리는 언어였고
감정 매트리스의 프레임은 굴곡되었다

연애 반성

거울 앞 오래 머뭇거리며 외출옷을 고를 때
더 이상 서로의 안부를 물어보지 않을 때
마주 보는 순간 만난 이유를 잊었을 때
당신과의 만남이 항상 짧게 느껴졌을 때
바쁜 당신이 한 줄 시 읽어 줄 때
나 멀리 간다 말했을 때 스친 당신 표정
서로 못 만난 날들을 정확히 기억하고
마지막 만났던 때의 계절을 기억하고
마주 본 식탁 자리가 크게만 느껴졌을 때
당신이 머뭇거리며 나를 소개 시킬 때
내가 당신 어릴 적 이야기에 귀 기울일 때
어느 순간 내가 당신 앞에서 웃고 있을 때
이미 우리 만났어야 했는데

이미
우리 만났어야 했는데

취중 시 한 줄

시 한 줄 읽습니다
나는 초조함에
당신을 잃을 것 같아
술 한 잔을 가득 채웁니다

비 그친 저녁
닿을 수 없는 잔을 마주하며
굳이 의미를 부여하지만
산안개 속으로 다 사라지고
단지 오늘만 기억해 둡니다

붉게 타오르는 이 한 잔의 와인
마셔 사라져 버리지만
오래도록 바래지지 않는
시 한 줄로 남았으면 좋겠습니다

우리 사랑 그렇게

사랑아

덜 깬 잠을
눈 비벼 기지개로 털어내고
뚜벅뚜벅 거실로 나가
밥솥 스위치를 누르고 커피를 내린다
뉴스 소리는 크게
밤새 딴 세상의 사건 사고를 들으며
거리적 안도감과 심리적 무관심으로
어제와 같은 일상을 시작한다
커피머신 내리는 소리에
밤샌 뇌 속에 고인 꿈
아메리카노에 녹아낼 때쯤
잠결에 하품소리 내며
낯익은 얼굴 하나 걸어 나온다
아장이며 앞에 선 그리움의
막내딸 사랑아
작은 녀석이 큰 녀석을 깨우러 간다
우리는 이렇게 달콤한 아침을 연다

겨우 네 잎 클로버

어젯밤 여우난골의 여우꼬리에 불이 붙었나 보다
아침부터 스케줄이 꼬이며
가히 재난상황이 연출된다
극단의 언어들이 오고 간—잠시 후

난 공원 안에 있다
그곳에는 오직 녹색 풀들과 꽃이 있다
흙이 보이지 않을 정도의 클로버와 잔디
여름 바람이 그리 시원하지는 않았지만
멀리 보이는 저쪽 풍경이 막힌 가슴을 뚫어준다

매점에서 산 햄버거 하나 들고
혼자 앉을 수 있는 바위에 의지해
입 크게 한 입 가득 베어 문다

이때 순간의 포착
아! 하오의 행복—네 잎 클로버!

셋

데스death,
유전자

데스death 2, 유전자

난 죽고 싶지 않아
그럼 어떻게 해야 하냐구?
단순해
사랑하면 돼
그러면 내 유전자 1/2은
영원히 살 수 있지
이것이
우리가 사랑하는 이유야
내가 살기 위해서
당신이 영원히 존재하기 위해서
당신의 유전자 1/2이
꼭 필요하지
당신이 사랑하는 내 몸은 껍질이야
소중한 유전자가 보여주는
마술이지
이기적 유전자는 절대 죽지 않아
심지어
공룡의 유전자도 내 몸에 있는 걸
이타적인 행동은 없어

그렇게 해석할 뿐이지
모든 것은 당신의 유전자 1/2을
얻기 위한 설계지
모른 척해야 해
우아하게 열정을 갖고
당신만을 사랑한다고 표현해야 해

예쁜 아이

팬지가 올해도 폈다
교차로 회전차로에
누군가가 물을 주고 간다
그리고 소녀가 울고 있다
그 팬지가 부러워서
저렇게 길가의 예쁜 꽃이고 싶었던 나는
특별하고 싶지 않았다
신이 준 것은 자랑할 것이 못 된다
그냥 하늘에서 떨어진 것일 뿐
넌 어떻게 그렇게 예쁘니 라고 물어오면
그래 난 원래 예뻐 대답하고
난 손가락조차 예쁘게 움직여야 했다
토끼 무늬 그려진 하얀 타이즈
멜빵 스커트에 미니가방
어린 시절 한 번도 바지를 입지 못했다

시절회상

밖에 눈이 무릎까지 왔다는
어릴 적 엄마의 잠 깨움과
창 너머 들리던 넉가래 소리는
언제나 나를 설레게 했다

여름방학 하는 날
친구들과 재잘거리며 집에 오는 길
큰 잣나무 껍질에 송진 묻혀
저수지에 띄웠다
파동은 무지갯빛으로 물 위에 반사되며
작은 배가 되어 호수로 나아갔다

방과 후 친구 집을 찾던 골목길은
미로처럼 연결되어—문방구 지나
국숫집을 지나 세탁소를 지나 나
와 놀던 친구가 깜짝 놀라 반기우고
우리의 설렘은 저녁밥 아이들
부르는 소리에 하나 둘 사라졌다

1984년 7월 여름일기

수업이 중간쯤—비가 얼마나 오던지
교실이 어두컴컴해지고
빨리 엄마 있는 집 가고 싶은 그런 날
엄마는 부침개는 해 놓으셨을 거다
우산을 주러 학교를 오시겠지
역시나 엄마는 노란 우산을 들고
사슴같이 운동장을 가로질러 오신다
그렇게 우산만 두고 가셨고
친구와 둘이서 한 개 우산 속에
어깨를 부비며 걸었다
신작로 웅덩이에서 고인 빗물로
퐁당퐁당 장난치다
뒷 종아리 하얀 타이즈에
얼룩덜룩 흙탕물이 튀었다
우산은 어디 가고 가방도 교과서도 다 젖어버렸다
우리보다 수십 배 키가 컸던 미루나무 사이로
내 좋아하는 코스모스들이 줄지어 피어있었다
비가 오는 날은 그렇게 걷고 걸으며
집 오는 시간은 다른 날보다도 훨씬 더 늦었다

4일간의 사랑

어느 모임에서 누군가가 질문했지
가장 로맨틱한 영화로 기억나는 대사는
무엇이냐고
"흰 나방이 날개짓 할 때
다시 저녁 식사를 하고 싶으면
오늘 밤 일이 끝난 후 들르세요
언제라도 좋아요"
(메디슨카운티의 다리 중에서―로즈 먼 다리에 붙여 두었던 메모지)
사진작가인 킨케이드가
저녁식사에 오겠다는 전화를 받고
프란체스카는 40마일을 달려가
이탈리아 산 붉은 포도주를 준비하지
단 한 번의 저녁식사를 위해

평생을 간 4일 동안의 사랑
죽을 때까지 가져갈 수 있는
영혼의 사랑만을 가지고 이 세상을 떠나는 두 사람
텅 비어 있는 가득한 사랑
어릴 때 절대 소설이라고만 생각했네

그러나 이제는 알았네
그들은 숨 쉬듯 자연스럽게 만났고
만나지 못하는 매일매일을 사랑했고
사랑은 시간이 중요하지도 않았고
일어나야 되는 일은 일어난다고

로즈 먼 다리에서 그들의 은빛 가루가 함께 뿌려졌네

소녀시대

삼청동 담벼락이 높다
어딘가 새어 나오는 수다들
소담스레 비추어 주는
가로등을 뒤로하고 걸어 보던 우리

지난 시절의
너와 난 아주 작은 소녀들이었네
밤샘 공부하러
시장거리 지하 반 층에 있던 너의 방을 왕래하면서
커다란 대접에 끓여 먹던 커피
잠을 쫓기 위해 칫솔에 가득 묻히던 치약
그때의 기억들이 사십 대 세월을
아름다운 색실로 교차해
다양한 무늬로 빛나는구나

계절도 오고 갔지
겨울이 오는 것을 안타까워하며
잔디밭에 누워 반짝이는
태양 아래 깔깔거리며 즐기던 우리

어느새인가 새로운 출발을 꿈꾸며
밤에 어둠을 쫓아내며 각자 열심이었고
너의 지난날의 그 구석진 방과
핑크빛 짙은 세상―나는 아직 간직하고 있네

젊은 날

중간고사 끝난
4월 아니 5월이었던가!
하얀 클로버 꽃 만발한 진디밭
대학 기숙사 붉은 벽돌담 햇살 아래
펄럭이는 긴 주름치마 풀밭을 덮고
두꺼운 원서 두어 페이지 멋으로 읽는다
힐끗힐끗 쳐다보며 지나가는
어깨 넓은 체형의 투명인간들
안 보는 척 실눈 사이로 파고드는
사각 캔버스에는 초록이 번지고
엿보듯 멋쩍게 인사하며 스치는
남학생들의 시큼한 땀 냄새
교정 운동장 한가운데서 들리는
체육과 학생들의 열어젖힌 성대
나팔처럼 울리는 굵은 파동 소리

대학가 파전 집

일요일 아침
비가 왔어
장맛비였나 참 많이 퍼붓던 여름날
카카오 톡이 와 있었어
안녕이라고 인사하기엔 어색한 시간―3년 만인가!
오랜만에 아이들과 들렸던 엄마 집
내 살던 시골 마을 커피집에서 만났네
커피 볶는 소리보다
더 시끄러웠던 장터 손님들
덕분에 어색함도 낯설음도 금세 사라지고
무슨 이야기들이 그리 많았을까
마치 서로 못 만난 이유를 변명이나 하듯이
당신의 첫마디―당신은 변한 것이 없군요!
시간은 정직하게 멈추지 않았고
이대로 일어서면 다시는 만날 수 없다는 것을 서로 알았어
우리 오늘 또 만날까
난 망설이지 않았지
네!
우린 어둠이 내려앉을 때 대학가에서

다시 만났어—학창시절로 돌아간 듯
파전에 달콤 새콤 막걸리
너무 오랜만이라 그런지 더 맛있었던 지짐과 술
잔 가득히 넘치도록 설레고 좋은 마음만큼
비님은 계속 내렸고
노란 주전자에서 잔 채우는 소리
비속에 쏟아 내는 이야기 소리

몇 번째 주전자부터인가—하얀 기억뿐

메멘토

침대에서 눈을 뜨자—익숙한 내 공간이 어색했어
시간 이동이라도 한 듯
덜 깬 알코올이 남아있는 내 몸은
어제 그 자리에 있는 듯했어
신기하고 두근거리는 이 마음은 뭔지 모르겠지만
분명 무슨 일이 생겼던 거야—기억은 없지만

출근길에 아메리카노를 진하게 마시고
아무 일도 없다는 듯 카톡을 보냈지
—저 고고 씽 하고 있어요—

오후, 당신에게서 늦은 답장이 왔어
자기가 먼저 입 맞춘 것 기억해!
헐
장난하지 마세요!

여름이 그렇게 싱그럽게 다가왔네
새벽
산허리 아래 내려앉은 안개처럼

아침 전병 시장

겨울 아침 영하 23도
가죽장갑을 꼈는데도 손은 시렸다
아침 일곱 시쯤 시장은 이미 한낮의 느낌
부침개 굽고 택배 포장하고 김은 모락모락
고소한 들기름 냄새
택배 아저씨 급하다 소리 지르는 성깔
밖이 춥든지 말든지 껄껄 웃는 소리 흥정하는 소리
어제 봤다고 반갑다 먼저 인사 건네는 전병 엄마들
배추 몇 잎 얹어 따끈따끈 부침
접시에 둘둘 말아 주신다
간장 한 종재기—생전 먹어나 봤나
배추냄새난다고 엄마한테 투덜대던 어린 시절
각종 야채들이 들어가 특별한 맛을 주는 메밀전병
시장 안 그 허름한 의자에 앉아 먹으란다
순간 당황하며 앉아야 하나 말아야 하나
어르신 살인미소에 젓가락을 들고 한입 깨물어본다
뭔 맛 이래!—한 접시를 다 비우며
환갑 넘으신 어르신과 한참을 이야길 나누고 있다
프림 잘 섞인 커피 한 잔으로

자연스레 그들과 이웃이 되었다
내 하이힐 또각거리는 소리에 아침 시장이 열린다

묵호항

묵호항―바람이 차다
코트 속 스멀대는 소름
알 가진 도루묵의 행렬
유미의 한 사발 선물이란다
뻘건 생선국에 대파 몇 조각
징그러워 숟가락 담그기 어려운데
안 그런 척 한 스푼 떠먹고
체한 듯 속 쓰림으로 항구 어전을 떠난다

아! 옥계 휴게소다
바다도 하늘도 옥빛이다
한 모금 간절한 커피 생각으로
휴게소 안으로 들어가니
바다 풍경 한눈에 보인다
아! 이 휴게소!
우리 나란히 서서 바다 바라기 하던 자리구나

태백을 지나며

늘 보고 사는 것처럼 살았다고 해야 하나
오랜 시간 속의 리얼 스토리
붙잡고 왜 더 가까이 오지 않았냐고
하기 전에
그랬었어야 했구나 하며
그저 스쳐 생각할 뿐

강구항 단상

싸락눈 나리는 블루로드
은빛 어구 모래밭 끝에
수 킬로 이어진 게 카페를 본다
그 흔한 커피 카페 하나 없다
등대에도 교각에도 게딱지가 다닥다닥 붙어있다
어시장 뒷골목 찜통마다 만발한 하얀 수증기
오색 간판마다 질펀히 유혹하는 아재들의 입담
센과 치히로의 밤 파티에 초대된 듯하다
정작 바다에는 게 한 마리 없다
하긴 갑각류 알레르기인 내가 이곳에 올 이유는 없지만
한 점 게 살 살포시 벗기어 당신의 가슴에 넣는다
서울로 오던 길 카페에서 크림치즈 프레첼 하나 시킨다
영락없는 웅크린 게 다리 모양에 꽉 찬 게 속살이다

집 1803

전자음 여섯 개의 조합이 문을 열어준다
텅 빈 집에 정지된 공기가 흔들린다
누군가 있을 거라는
잠시의 환각은 맥주 포말처럼 사라진다
무거운 이산화탄소가 방마다 가득 차있다
그대로 잠들었다 그대로 일어난다
내 브레인 속 기억 회로는 금세
어제의 사건과 사용된 언어들을 백업한다
어둠 속 응고된 가구들이 목격자처럼 서있고
내 눈엔 미확인 핸드폰 문자들이 새로이 입력된다
아!
어디서부터 잘못된 코드가 삽입된 것일까
어떤 언어가 그리도
감정영역 템포랄롭(temporal lobe)을 흔들었을까
인간의 감정처리 장치는 리셋이 이리도 어려운가?
불러오기 입력창을 누르지 않아도
매 순간 새벽―어제의 메모리는
나를 붙잡고 시작의 아침을 산산이 부수는 것이다
왜 그만하기 단추는 찾을 수 없을까

나는 다시 잠을 청하여

해묵고 낡은 시냅스를 도려내려 한다

나는 기분 좋은 모닝 꿈을 입력해야만 한다

아침이 되어

다시 부팅되면 당신은 내 곁에서 잠들어 있어야 한다

커튼 사이로 햇살은 스며들어야 한다

알코올에서 깨어나 내 의식을 재조합한다

어제의 후미진 구석구석 ─ 먼지 낀 상처 토막을

목을 감는 긴 스카프 감촉과

맨발에 전해오는 풀잎들로

신경회로는 더 명료히 재빠르게

혈액에서 카페인 코드를 추출한다

자본주의

오래전 죽은 정치가 몇 명이 그려진 페이퍼 조각에
글 나부랭이로 태어난 모든 쟁이들이 잘려나간다
싸구려 사케 집 술 광고문이 샤이니 샤이니 빛난다
잠시 취한 서비스의 대가는 텅 빈 주머니다
모든 길은 로마로 모든 행복은 돈으로
인류 역사상 가장 단순한 알고리즘 위에서
착착 줄 맞추어 군상들이 움직인다
모든 재물은 은행의 지하 창고로
그곳에서 수백 년간 아무 일도 하지 않는다
돈이 없어 망한다, 돈이 없어 죽는다
그래도 지하 금고에는 돈이 계속 쌓여만 간다
쌓여진 높이만큼 인간은 초라해진다
캐피털리즘이라 했던가?
노트르담 성당 첨탑에 어울릴 듯 화려한 이름이다

삼겹살에 소주 한잔 한 오늘도
삼성페이로 계산하고 수십 개의 보너스 카드를 찾아 헤맨다
온갖 잔재주로 내 호주머니를 털어낸다
내 통장에 잔고가 0이 되는 날
내 영혼의 무게도 제로가 된다

에라!―이날 천지개벽이라도 일어났으면 좋겠다

인조인간

너는 외계별에서 온 나를 원했지
제품번호 730321 넘버조차 없는
완전한 소유—뉴 인조인간을
하지만 난 제조연월일도
생산 공장도 존재하는
엄연한 라이센스 제품이지

너는 존 레논이 꿈꾼 세상
과거도 이데올로기도 색깔도 없는 그런 나는 원했지
힘든 일이었어 내가 나를 잊는다는 것은
변명하지만—존 레논도 음악을 버릴 순 없었을 걸

하지만 당신과의 뉴 라이프는 완벽해야 할 것 같아
왜 심장은 리셋이 일어나는데
내 브레인은 지난 파일들을 간직하고 있을까
오랜 습관은 회로가 충돌하고
스파크가 일어 타버리지
드라마의 그 흔한
기억상실증은 왜 나에게는 안 일어나는지

안티 미스코리아

어느 미인대회 아카데미 학원
광고 카피

사람 중심의 교육
수준별 맞춤 교육
본선대회 책임제

긴 시간의 정지 포즈와
셀 수 없는 워킹 연습
하 하—
이것이 참을 수 없는 가벼움이라면
당신은 지상의 즐거움 50%는 포기하여야 할 거다

언젠가 사진작가분이
나를 유심히 보다
의심의 멘트를 던졌다
미인대회에 나간 적 없냐고

철없던 대학 새내기 시절
나에겐 나름 큰 비밀이었다
이젠 말할 수 있는

사회자의 왜 미스코리아가 되려 하냐는
상투적 물음에 무언가 길게 답하였다
"세계의 평화를 위해서"는 아니라고
아무래도 이 긴 대답이 그들에게는
인상적이었나 보다
여신에게 기대하는
참을 수 있는 대답이었나 보다

미 투

소녀가 손목을 긋는다
여러 줄 손목 상처에
한 줄 더 붉은 금이 간다
떡 하나 주면 안 잡아먹는다고
존경하는 선생님이 약속했는데
멘토인 선배가 약속했는데
사랑의 신부님이 약속했는데
떡 안 준다고 잡아먹었다
한 줄의 목걸이 끈을
미안하다며 목에 걸어준다
한번 주었으니 또 달라고 한다
오빠야가 지껄인다
넌 원래 가슴이 큰 아이라고
경찰 아저씨가 이야기한다
원래 세상은 이런 곳이라고
하늘 같은 판사님 말씀하시네
내 몸은 너 하기 나름이라고
모두 다 옳으신 말씀

미 투

소녀가 또 한 줄 손목을 긋는다

노벰버 넘기기

연말 전쟁이 시작되었다
캘린더 한 장만 더 넘기면
그런대로 2019년
안개 낀 전쟁터에서
살아남을 수 있다
달랑 창밖에 사진 한 장 찍어도
11월임 알 수 있는 쓸쓸한 달
이맘때면 캐럴을 튼다
"거리에는 하얀 눈이 반짝이고
꿈꾸던 파랑새는 사라졌지만
여기에는 새로운 새가 머무르네"
빨간 날 하나 없는 노벰버 달력
그냥 캐럴 송을 틀고 싶었다
등 뒤에서 도망치지 말라고
울려대는 백파이프 연주처럼
앞당겨 미리 쓰는 응원가
크리스라는 잘생긴 친구의
생일파티 노래
올 크리스마스에는

파란색 컨버터블 타고
겨울 원더랜드를 달릴 수 있겠지
산타! 베이비
제가 정말 원하는 것은요
글쎄요!

넷

데스death,
상대적 존재

데스death 3, 상대적 존재

도대체 모르겠어
왜 달이 존재하는지
"태초에 달이 있었디"
이건 아닌 것 같아
내가 사라져도
세상을 비추는 달빛은 무엇일까
하여튼
나는 이제 끝이야
나 따위는 아무 계획도 바꿀 수 없어
덧창문을 걸어 잠그고
한 번도 느껴본 적이 없는 공포를 느껴야 해
밖에서 관 뚜껑에 못질하는 소리가 들려
하지만
너는 누군지 모르지만 아직 숨이 붙어있어
펄떡이며 파닥이며 거칠게 몰아쉬며
그린 벨벳 잔디를 밟고 있지
태양의 따스함이
이 지하까지 퍼져와
난 음산한 겨울의 그림자처럼

어둠 속 깊은 곳에서
계속 석관 뚜껑을 두들기고 있지
그뿐이야—여긴 어떤 방문객도 없어
들리는 말은
"넌 아무것도 아니야"

겐지 이야기: 떡갈나무

떡갈나무에 산다는 신은 이미 죽었다
안 그래도 쓸쓸한 이 산채에
그리운 그대 영정 살짝 돌려놓고
떠날 마음 일지 않는 옷장 하나하나
그대 쓰던 서재 방 책 무덤에 손 담가본다

창 밖 봄날 올라오는
버드나무 새싹에는 이슬 머금고
내 눈가에 눈물 아른거려
육각의 만화경처럼 퍼져나간다

봄도 남의 일이고
꽃이 피고 지는 것도 관심 밖이다
그대 없는 이 산장에
자목련인들 어떻고
요란스런 나비의 날갯짓인들 어떠한가!

꽃잎이 빨리 떨어지던
흐드러지게 피어나던
꽃 꺾어 찾아올 이 없는 이 산속에

랭보의 우울

새벽 2시의 깨어남은 가슴 터질 듯하다

모든 달은 흉악하고 태양은 멀리 있다

문고리가 있거든 로프를 걸어 두어라

동쪽으로 마주한 창들은 덧문까지 잠그고

머리맡 침대에는 화환을 장식해두어라

그리고 너에게 남아 있는 다리 하나로 춤을 추어라

불타는 육체로 화려한 도시에 입성할 것이다

너의 정신은 변하지 않았다

그러니 이 변환을 누구에게도 원망하지 마라

너는 오래전 시간의 노예로 신에게 세례를 받았다

우리의 불운은 오직 시간이 지나간 것뿐

내가 지옥을 믿던 아니 지옥에 있던

너 자신을 일으켜 세워 익살스런 연기를 하라

마치 행운의 신이 너만 비껴간 것처럼

이 음침한 달빛이 스미는 다락방 구석에

태양이 떠 대지 위에 뜨거움을 쏟아내려면

아직 새벽의 달빛 그림자는 길고 흉포하다

에든버러 여행 중에

아침 게스트 하우스를 나와
오래된 에든버러 교회를 산책한다
발바닥에 체이는 수많은
누워진 비문을 읽는다

1765년에 태어나 1801년에 죽다
1641년에 태어나 1696년에 죽다
1275년에 태어나 1309년에 죽다
층층이 쌓인 묘비들은 좀 더
성전 가까이 들어가려고
안간힘을 쓴다

대체
1989년 2018년 1367년이 무어란 말인가
형태도 영혼도 사라진 빈 공간을
채우고 누워있는 저 기억들
그들의 그 많은 꿈과 계획과 비밀은
있기나 했을까

나는 아직 묘비를 밟고 있고
살아 있다
오늘 아침 브런치는 맛있을 것 같다

신의 뜻

모든 것은 이미 결론 났어
좀 싱겁지
우리가 할 일은 없어
그저 믿기만 하면 돼
그냥 보스 이름만 지껄이면 돼
그럼 우주에 모든 것을 가질 수 있어
믿느냐고? — 그럼! 얼마나 쉬운 일인데
문제는 우두머리가 너무 많아
채널마다 한 놈씩 나와 자기만 믿으래
황당하지만 대단하잖아
자기가 시간과 우주를 만들었다 하니
진리가 둘일 순 없으니
누군간 거짓말을 하고 있겠지
쉿! 이건 금기야
모두 거짓말을 할지도 몰라
천국의 입구까지 데려다준대
얼마나 고마운지 눈물이 나
찬송과 기도와 묵상을 하고 싶어져
공짜냐고? — 약간의 돈과 조금의 시간

그리고 너의 영혼을 몽땅 바치면 돼
단 채널은 절대 돌릴 수 없어

오늘까지

안드로메다 성운에서 11만 광년 전에
지구로 보낸 편지가
오늘 태양계에 도착했어
무슨 내용인지 사람들이 벌써 쉬쉬거리고
소셜 네트마다 온갖 소문이 돌아다닌다
태양이 뜨는 날이 오늘까지라고
믿기지 않지만 사실인가 봐
하루만 더 늦게 편지가 왔어도
오늘 하루 마음이라도 편했을 것을
정말 태양이 뜨지 않을까
내일은 흐린 날 아침과 다르겠지
그냥 밤일 거야 분명히 AM 9시인데
앞으로 무엇이 달라질까
풀도 죽을 거고
나무도 죽을 거고
염소도 죽을 거고
여기까지만 할래
오늘은 태양이 떠 있으니까
마지막 해 지는 모습이나 볼래

우리가 해를 보는 마지막 종족이네
그래도 우린 행복했어
햇빛이 멋지게 갈라진 무지개도 보았고
썬탠도 해보았지
연인들이 거리마다 서로 포옹을 하네
모든 것이 절실해 보여

어쩌면 진실해 보이기도 해
다행히 편의점 도둑질은 없군
보석점 티파니조차 관심이 없네
평생 관심 없던 태양이 이렇게 중요했다니
아무튼 태양은 지고 있어
굿바이 나무들아!

이제 가면

왜 이렇게 가슴이 시려오는 걸까
깃털 바람이라도 후 불면
사라질까 하는 두려움

당신 지나간 때의 그림자
기억 찾아 떠나고
야속한 새벽―태양이 다시 떠오르면
어찌할 수 없는 허전함에
새로 돋은 저 초록 죽순들
나의 폐부를 찌를 것이다

당신 만나기 전 휴일마다 조울 속
중독처럼 잠을 청하던 나였다
많은 밤들의 언덕을 넘나들던 그리움에
젊음을 저주하고 언어를 멀리했고 꽃들을 말렸다
한참을 잃었다 다시 찾은 당신이었다

당신의 입맞춤 세상 끝에서 맛보는
천상의 버번 위스키 향을 느껴봤다
지금 당신은 떠나려 한다
아마 이승에서는 다시
누군가를 기다리지 않을 것이다

야생동물 주의보

겨우 겨울을 넘기고
이제 늦봄
화려한 세상을 소유할 자격 있는 너
춘천 가는 아침 국도

작은 몸짓
깡충대는 부지런한 예쁨
외로움과 무관심에 죽어버리는
예민한 성질을 가진 사랑이여

언제나 끼 많은 듯
속삭이는 여인들의
이름이 끊이지 않던
향기 담겨 있는 당신은
역시 귀족이었나 보다

아스팔트 위의 선혈에
모든 차들이 바뀌어간다
최대한의 예의를 갖추며

셀 피 만 족

지갑 속 구석진 곳에 지폐 몇 장 남아있으면
나는 언제나 쓴웃음 지었다
천상병 시인은 막걸리 값 삼천 원이면
하루 종일 소풍 간다 했는데

셀피 앱 눌러 새로 나온 파티그림 찾아
이리저리 장식한다
눈 맞추고 입 맞추어 고깔모자 하나 얻으면
찰칵―하루 종일 혼자 여우주연이다

은빛 대리석 치장한 일식집 초밥 장식에서
몰래 예쁜 데커레이션 나뭇잎 하나 떼어
내 다이어리에 끼워 넣는다
마치 주인 몰래 훔쳐가는 양

읽지도 않은 녀석들이 모로 누워있다
베란다 벽에 기대어
아래층은 압사 직전이다
어떤 놈은 두세 페이지

어떤 놈은 열두 번을 보았다
한 권만 더 쌓이면 만리장성보다 높다

고층아파트 사이로 보일 듯 말 듯
여인 눈썹 닮은 초승달은
언제나 여린 설렘을 준다
긴 눈썹 깊은 곳에
풀 문의 꿈 감춰있거든

3.8 그리고 4.5

총 맞은 것처럼 가슴이 뚫린 날은
어김없이 문경에 와 베레타를 쏘았다
구멍 난 크기가 클수록 오래 머물렀다
방아쇠를 당기기 전 찰나 시간은 정지했고
순간 내 뇌 속 변연계는 고요해진다
곧 다가올 폭발은 영원히 오지 않을 듯하다
잠시의 무념무상은 가히 쾌락적 중독이다
표적의 얼굴은 수시로 바뀌었다
하지만 언제나 마지막 표적은 나였다
마지막 6발 불릿(bullet)은 언제나 나의 가슴에 쏘았다
숨을 가다듬고 긴장하고 방아쇠를 당긴다
폭발의 진동이 강렬하게 손목에 전달된다
오늘의 내가 죽어야 다시 내일 살 수 있다
처음 멋지게 한 손으로 쏘던 GUN은
어느새 양손에 잡고 미친 듯이 쏘고 있다
옆에 있던 관리인은 놀란 듯 제지한다
묶여있지 않은 총구라면 어디를 향하고 있을지
돌아오는 길에 차 안은 내 땀 냄새와 향수 냄새
그리고 타다 남은 화약 냄새가 몸에서 뒤 섞인다

오늘은 장난감 병정놀이를 실컷 했다
오늘 하루는 누구도 나를 건드리지 못한다
오늘 모든 세상의 악당을 명중시켰다
오늘 나는 멋졌다

2월의 눈

눈이 내 눈 속에 들어온다
이내 비(鼻) 강 속에서 하나가 되어
콧물 범벅이 흐른다

지난밤 아빠가 몰래 내 방에 와
머리맡에 놓고 가던 선물처럼
눈 내린 날 아침
잠시의 들뜬 마음
당신 옆에 있다는 착각에
방문마다 열어보지만
서늘한 기운 빈 옷장 속에 맴돈다

첫눈처럼 다가온 당신에게
100온스의 하얀 가슴살을 떼어내
무덤을 만들어 주었다
꽃봉오리 하나 솟을 때마다
내 가슴살은 속살을 비추었다

눈물이 눈 속에 떨어진다
눈이 얼어버린 눈물 위에 다시 내린다
까마득히 쌓여간다
내 발끝에 눈송이 하나 내려앉는다

너의 손바닥

지금 이곳이 어딘지 모르겠어
그냥 무작정 달려왔지
계기판을 보니 아마 170km는 온 것 같아
오직 한 가지만 생각하면서
너에게서 멀어지려고

해가 뜰 때까지는 이 방파제를 안 떠날 거야
하지만 해를 보고 싶지는 않아
난 그저 여기 머무를 핑계가 필요해
그때까지 너는 그곳에 있을지 모르겠어
내가 어젯밤 떠나온 곳에

바다는 검은색이네 오늘 처음 알았지
부서지는 방울조차 검푸르네
너는 그 말 한마디가 그렇게 힘들었을까
미안하다고

문득 정신이 들고 보니
너와 함께 자주 오던 속초 해변이네
이렇게 먼 곳 도망가서 숨은 곳이
너의 손바닥이라니

콩깍지 벗겨지는 날

너의 잔인한 말 한마디에
두꺼운 콩깍지가 스르르 벗겨진다
마법처럼 못생긴 너를 본다

셀로판지에 투영된 너는
매직양탄자를 탄 귀공자였지
어린왕자와 착각할 정도로

너를 위해 치과에서 사랑니를 뽑았지
너를 위해 치실법도 배웠어
너를 위해 세례성사도 받아 보았고
연둣빛 스쿠터 뒤에도 매달려
한여름의 비와
한겨울의 눈도 맞았지

너의 평범 뒤에
숨은 아름다움을
나만 볼 수 있다 생각했어

이제

한번 본 너의 벗겨진 나체는
다시는 나를 흥분시키지 못해

무박 2일

너무 갑자기 시작했나 봐
도대체 얼마만큼 운전을 한 거야
쓰러질 만큼 달려왔네
바다에 도착했지만
우리는 해변에 나가지 않았어
이 순간에 파도 따위가 뭐가 중요하단 말이야
우린 한 인물을 가지고
새벽 4시까지 토론하고 논쟁했지
하긴 그 인물은 또 뭐가 대단하겠어?
우리를 서로를 마스킹하기 바빴지
맥주병에서 바닷물이 나왔지 아마
그리고 아침이 올 때
차 속에서 우린 잠들어 있었어
흔한 담요 한 장 없이
난 이대로 빠져들고 싶었지만
몇 번이고 멋쩍게 차창 문을 열어야 했어
이제 떠날 때가 되어서인지
오는 길 내내 속이 쓰렸지
적당한 오만함으로 태연한 척했어

해장국은 커피 한잔으로 대신했지
그게 더 잘 어울릴 것 같았어

바깥세상은 초록 행렬의
곱고 아름다운
여름날을 표현하고 있었지
너무 갑자기 끝났나 봐

시즌 2

같은 이름을 가진 연인을 사귀지 마세요
그 이름을 부를 때 마치 누군가 뒤에서
머리끄댕이 잡고 나 여기 있어 한 것 같아요

새로 만난 남자 친구와 옛 장소에 가지 마세요
마치 시간 여행자처럼 기억의 서클을
돌고 돌아 같은 자리에 앉게 된답니다

새 연인과 만나 쉽게 잠들지 마세요
꿈속은 아직 업데이트가 되지 않았어요
절대 누군가를 소리 내어 부르지 마세요

그에게 모든 애완견 이름이 똑같아요
첫사랑의 애인이 키우던 퀸즈죠
아무리 이름을 가르쳐 주어도
다음날 퀸즈 이리 와 라고 불러요

그는 가끔 처음 간 곳에서도
우리의 옛 스토리를 이야기해요
마지막 순간 아! 탄식으로 끝나죠
전 언제나 모른 척해요

당신은 나만 사랑한대요
몰래 훔쳐본 책갈피 속 메모에는
구구절절 사랑 고백이 있어요
저와 가지도 않은 암스테르담에서

마리 로랑생의 잊혀진 여인

당신이 친구들과 지나간 여인들에 대해

이야기할 때에

차라리 제가 지루했다고 하세요

차라리 제 성격이 우울했다고 하세요

차라리 제가 못생겼다고 하세요

차라리 제가 병든 것 같다고 하세요

차라리 제가 죽을 것 같다고 하세요

하지만 제발 기억이 안 난다고 말하지 마세요

살인현장

그대와 같이 머물던 이곳
오늘 기어이 이 자리에서 밤을 새우기로 했다
여기가 내 생의 끝자락이라 해도
이내 어둠이 찾아와
오랜 적막만이 남아있다
그대는 하늘과 땅 사이에
내 몸 달랑 벗겨놓고
하루 밤 파티를 끝내고
로랑생 운운하며 우주로 날아갔다
난 그대 떠난 이곳에서
담요 한 장 걸치고 웅크리고 있다
오늘도 당신은 오지 않을 것이다
바람도 한 점 없다
당신은 아마 내게 오던 중
수십 갈래로 갈라진 어느 점에서 머물며
또 다른 파티를 하고 있을 것이다
난 슬며시 일어나 누웠던 자리에
페인트로 표시를 하고 유령처럼 떠난다
이곳은 살인사건 현장이다

바람이 비린내를 씻겨준다
하지만 내일이 오면 난 다시
표시된 자리에 떠날 때 모습으로 누울 것이다

시바타 도요 시(약해지지 마)

눈이 어두워져서

이미 선반 위에 TV가 라디오가 되었지요
그래도 아침 햇살과
낮잠 후의 저녁 햇살은 분명히 알아요
어머니가 가르쳐 주신 바느질을
멈춘 지 한참 됐지만
아직 코뜨기는 눈감고도 할 수 있지요
아쉬운 건 집 울타리에
나팔꽃 한 송이 몰래 핀 걸
가끔 놓치는 거예요
남편이 말했거든요
한 줄기에서 꽃 세 송이가
함께 피는 날
태평양 전선에서
살아 돌아오겠다고
가끔 굳게 닫힌 입원실 창문이
저녁의 양떼구름처럼 보이지요
이때는 침대에 누워 저녁놀을

실컷 바라본답니다
구름에 소학교 친구들이 보여요
신기해요 눈은 흐려졌는데
어린 시절 학교길 모퉁이는
아주 또렷이 보이네요

루나소사이어티에 부침

왠지—테라스에 테이블 하나, 편한 패브릭 의자 몇 개
그리고 목이 긴 와인 잔이 상상된다
당신이 소믈리에라면 소비뇽 블랑과 피노누아를 선택할 것이다
브라치즈 몇 개와 붉은 토마토 샐러드가 둥근 접시에 있으면
더욱 좋겠다

하얗다 못해 창백한 달빛은—비추는 것이 아니라
공간을 휘감고 다시 반사되어
이 안의 모든 곳에 마술을 건다

누구는 시인 되고
누구는 사랑에 빠지고
모두 달의 종족이 되어
달빛 속으로 끌려들어 간다

오늘 달이 와인에 빠져들어 간다

다섯

**3일만
볼 수
있다면**

3일만 볼 수 있다면

한여름의 오후
갑자기 머리 위로 쏟아지는 소낙비를 만나면
애써 피하려고 건물 차양 아래로 뛰어가지 마세요
하이힐과 스타킹을 벗고 맨발로 도시의 냇가를 첨벙이세요

색색의 낙엽이 수북이 쌓인 가로수길
이제 셀카는 그만 워킹도 그만
아이처럼 쌓인 잎사귀에 푹 몸을 던져보세요
아무도 못 찾게 숨어보세요

한밤중 함박눈으로 변한 눈송이가
온 세상에 덮일 때
난롯가의 카페에서 멋진 커피도 그만
먼 친구에게 카톡도 그만
그냥 눈송이에 입을 맞추고 밤새 구르세요

졸음이 오는 나른한 봄날
나비의 첫 날갯짓을 보며 봄기운을 느낄 때
옛 시집 하나 꺼내신다면 이제 그만

화분 하나 들고 감동한다면 그만 그만
당장 강가로 가 새로 핀 버들가지에 손을 얹고
3일 동안 주어진 당신의 세상을 만져보세요

헬렌 켈러가 본 세상을 보기에는
당신은 이미 너무 늦었지요

Good to see you

언어의 모호성만큼 사랑을 즐긴 적이 있다
끌리는 대로 누군가를 좋아한 적이 있다
그때는 클리어한 행복감도
상대의 피드백도 별로 중요하지 않았다
단지 간질거리는 긴장감이 몸에 달라붙어 있었고
매일 원하는 것은 어제보다 더한 자극감이랄까
그렇게 매일매일이 지나갔다

그때는 음식에 배가 고팠고 사랑에 가슴이 고팠다
내가 달리는 방향이 오르막이든 내리막이든 중요치 않았다
단지 인상파 화가의 찰나 빛 그림 반사처럼
그 순간 아름다우면 당신이 좋았고 밤이 되면 잠들었다
카메라에 담기면 사각형 드라마가 되는 양
야한 포즈를 취했다
나의 미모는 내 방패였고 성벽이었다

어느 날 사랑이라 부르는 감정이 지겨워지면
캐주얼하게 말하였다—당신이 아닌가 봐!
긴 한숨이나 일말의 독설 또는 뒤돌아봄 없이
지나가는 낯선 남자에게 나를 사랑하느냐고 물었다
대답은 언제나
죽도록 죽을 것 같이 너를 사랑한다
나는 그 말을 듣자 다시 사랑이 고팠다

유치한 연애 장난은 내 침대의 하얀 시트를 바꾸고
다시 다섯 손가락 손아귀 힘을 쥐게 한다
나는 이 남자를 더없이 사랑할 것이다
당신을 만나기 위해 여기까지 왔고
우리가 만난 건 정말 운명이니까
어디에나 있는 편의점처럼

CU 앞 파라솔 카페

하와이안 허리 가는 처녀가 그려진 IPA 맥주
뽀빠이 만화 올리브 닮은 독일 아가씨 그려진 캔 맥주
하나씩 골라 친숙한 하얀색 플라스틱 테이블
캔 고리를 당긴다
주공 7단지 아파트의 불빛이
고흐의 밤의 카페테라스처럼
starry starry 빛난다
일기예보는 오늘 밤부터 비가 온다 했다
여름밤의 찬 공기가 심상치 않다
당신은 내 앞가슴으로 스며드는
찬 기운은 아랑곳하지 않고
난해한 시와 더 복잡한 사람들의 이야기를 하고 있다
당신에게 질문했지
날 사랑하느냐고
그대 대답은—당근!
난 좋아하지 않는 사람과 한순간도 같이 있지 않아!
당근이든 배추이든 샐러리든 브로콜리든
난 믿어—별은 오늘도 빛나니까
이 친절한 카페는 온갖 안주를 제공한다

이번에는 하비로 곰인걸!

난 질문했지

왜 사람들은 시를 쓰냐고

당신은 대답했지

아무것도 없어서라고—또 물었지

왜 나를 사랑하느냐고

당신은 웃었지—그리고 아파트 위 조그만 하늘은 손짓했어

starry starry night

치과

동그랗게 구멍 난 녹색 면사포
곧이어 하늘을 가라고
우주선은 환한 광채를 쏘이며
정교한 도구들을 지상으로 내려보낸다
사방 2인치 작은 세상
아래위로 하얀 대리석 울타리
그 사이로 외계인은 솜씨 좋게 들어와
사각사각 바위가 부서지고
물방울이 사방에서 튀어 오른다
활짝 벌려진 입은 굳게 묵비권을 지킨다
두 손은 태연한 척 비틀어 쥐고
마지막 깜짝 드릴 작업에
어김없이 두 발은 비비 꼬여든다
기울어진 작업대가
중력에 정상으로 나를 세운다
신호다—지금이 도망칠 절호의 기회다

냉장고 위에서 춤을

살굿빛 토슈즈를 신고 첫 발레 수업에 선다

어린 시절 아메리칸 플라멩코의 군무를 보늣
발끝으로 서는 인형에 매료됐었다
인형의 솟구치는 꿈의 날갯짓은
마법처럼 공중에 정지해 있었고
곧게 뻗은 척추 선은 가는 실루엣으로 각인되었다

낙하—무대 바닥에 떨어졌을 때 세상에는
중력법칙이 어디에나 어느 순간에나 존재하는 걸 알았다
잠자는 숲속의 미녀에게도 말이야

나의 발레 시절도 끝나가면서
소녀의 몽환적 낭만도 끝나갔다
푸앵 동작을 잊어버린 두 발은
거친 하이힐 킥에 맞추어
세기말적 화려한 걸음에 맞추어 갔다

다리는 안 보이고 얼굴만 보였다

넌 껌이야

난 알아 넌 가짜야
넌 사기꾼이야
단물만 빼먹고 언제나 버림받지

널 씹으면 씹을수록 배가 고파져
넌 남들이 껌딱지라고 욕하는 스토커야
넌 머리끄덩이에 붙은 치근덕거림
넌 허풍쟁이 풍선
단물 빠진 넌 너무 공허해
그래서 넌 껌 값이야

그래도 난 네가 좋아
그이와 뽀뽀하기 전에
항상
너와 먼저 뽀뽀하지

와 사 비

모두 코를 박고 먹는다
잠시 조용하다
파스텔 연두는 곧 올 폭풍의 속임수다
온다 온다
코를 막고 죽는다
겨우 살아난다
우리는 속고 또 속는다
슬슬 성질이 난다
코로 먹고 입으로 숨 쉰다
가히 중독이다
원초적 시냇물 줄기의 생명은
그곳에서 같이 자란 비린 물고기에
월계수를 씌운다
시간이 없다
향신료의 여왕이여
몇 초 후면
폭죽 장난이 시작된다

김종옥 순두부집 찾기

어제 청초호 사케 집은 두통으로 마무리하고
맛난 순두부 있다기에 달려가
줄 서기 귀찮아 대충 짧은 줄 찾아
들어선 순두부 할머니 맛집

첫사랑 시집온 속초란 말 들으며
여러 겹 설긴 순두부에 명란 파 간장
섞으며―당신 속 내 속 다 뒤집어졌지

그 언니랑 키스했었냐는 질문에
당신 살포시 오징어젓 얹어
첫눈처럼 하얀 초 두부 내 입술에
한입 머금고―당신 샘 꽃 마음 알았네

오렌지 주스

태양은 정오를 지나고 있다
내 위장은 아직 어젯밤의 화학적 파티 중이다
꿈인가! 내 손을 이끌어
오렌지나무 정원으로 데려간다
하얀 오렌지 꽃이 핀 오솔길
산들 바람 속의 과일 향
죄지은 자 세례 받은 기분으로
그대 침대 머리맡에 두고 간
태양의 열매즙 한 모금 마시고
싱그러운 오렌지 호수에 몸을 담근다
네 고향이 남국의 열대인지
마트의 진열대인지
황금빛 태양의 수액인지 몰라도
나는 오렌지 나무 아래 잠시 쉬고
오늘의 생기!
미래의 열정을 가져간다

코크

세상을 일찍 지배한 대가로
대중들의 온갖 소문에 시달려
결국 지구 끝 극지로 쫓겨나
북극곰 가족과 조우한 너

누구에게는
제국주의의 침공
코카인의 아류
치아의 적
나에게는 그저
목구멍을 타고 흘러내리는
대체할 수 없는
빨간색 캔 속 탄산수

오직 그것뿐

에너지 드링크

언제나 일찍 서둘렀던 출근길
졸음이 가시지 않았을 때
잠깸을 위해
해가 떠오를 쯤 늘 들르던 이 곳
휴게소의 커피는 멋진 드링크다
다시 맑아진 머리로 달려가는 아침
참 신선하였지

자근자근 추억들이 느껴지는 이 쉼터에
오늘은 지나가는 길에 그냥 들렀어
아침이 아닌 한낮 오후에 들르니
같은 공간 속 참 많이 다른 느낌
꼬마자동차 우유도 먹이고 강냉이도 샀지

집에 가면 한 사람 바보가 되어
강냉이로 사랑 군것질할 거야
하늘을 보니 벌써 오렌지빛 노을이 머금네

난 커피가 좋다

악마의 유혹도
검은 진주의 얼룩도
다 멋진 표현이다
나는 커피 잔도 좋다
그래서 대화 상대처럼
자주 바뀌곤 한다

스커트 갈아입고
스웨이드 롱부츠와 킬 힐 사이에서 고민하듯
에스프레소와 카라멜 마끼아또 사이에서
잠시 멈추어 즐긴다―그리고
그날 내 정조에 맞는 놈을 선택한다

하지만 양보할 수 없는 원칙은
'커피가 뜨거울 때 마실 것'
그러면 카페인은 빠르게 내 위장을 통과하여
몇 분 후 내 브레인과 장난치며 뒹굴 것이다

페일 맥주 예찬

나의 아지트 카페 프로그(frog)
내 시의 반은 그곳에서 써진다
반쯤 열린 발코니 창은
봄부터 초가을까지 열려 있었다
우리의 자리는 항상
오른쪽 두 개의 의자
비 오는 날 발코니에 앉아
거리를 바라보기 좋은 곳이다
이곳을 찾는 이유는—단 하나
중독성의 풀잎 향 가득한 페일에일 때문이다
낮 동안의 긴장과 그리움과 갈증을 순간에 해소시키기에
시원한 허브 꽃 내음의 호프 한잔보다 더한 것이 있겠는가
맥주의 맛은 미스터리한데—풀밭에 하루 종일 뒹군 개구리
한 마리가 폴짝이며 맥주에 뛰어든 맛이다
마시는 순간 적당한 탄산수가 식도를
하이웨이처럼 타고 내려간다
곧이어 수천 평방미터의 허브 밭 한가운데
당신은 잠시 누워있게 된다
이때쯤 중독된 혀는 서너 가지 천상의 조화된 맛을

섬세히 느끼며 당신의 얼굴은 아마 그 맛과 알코올에 놀라
조금씩 페일(pale)해질 것이다

매니큐어

내 손톱이
빈센트 반 고흐의 1cm 캔버스다
노련한 솜씨로 터치를 한다
펼쳐진 다섯 손끝마다 아몬드꽃이 만발한다

다섯 손가락이
앙리 마티스의 1cm 언덕이다
손가락이 서로 엮여
분홍빛 몸빛으로 춤을 춘다

열 손가락이
구스타프 클림트의 1cm 동산이다
솟아오른 열 봉우리마다
유혹적인 연인들이 키스를 한다

엄지발가락 둘이
얘는 그냥 크레용으로 그리련다

NO. 5

이것은 정말이지 퀸의 지독한 화려함
죄책감 드는 사치스런 향의 파티
외박한 다음날 내 속옷에 베인 탐욕
날 버린 세상을 향한 차가운 표독

접근하기 어려운 양성적 도발
페르시안 고양이가 품고 있던 파우더
엎질러진 30년 스트레이트 위스키
오랜 오크나무 책장을 흘러내릴 때

자연계에서 재료를 구하지 못한 조향사는
악마에게 그의 영혼을 팔았다
오랜 시공간 속 다시 태어난
갈색 유리병 속 욕망
내 몸에 한 방울 떨어뜨리고
도도한 홀로서기
세상은 이미 너에게 마취된다

하이힐 유감

급여 날이면 한 달마다 힐을 샀다
제일 높고 제일 화려한 칼라로
한 달을 버티지 못하고 뒤축이 망가졌ㄱ
뒤축이 닳은 힐은 발코니에 고스란히 모았다
하루 심장박동 수만큼이나
테헤란로 보도를 누비던 백마의 편자 조각이다
10cm 11cm 12cm 13cm 14cm KILL
내 자존감의 높이였다
고작 지구에서 팬지꽃 높이만큼 떨어지지 못했지만

정작 배고픈 자는 책을 읽지 못한다
정말 상처 받은 자는 시를 읽지 못한다
정말 자신을 사랑하지 못하는 자는
하이힐을 신지 못한다

사랑니

다 겪었다 생각했어
더 이상은 없을 거라 생각했지
어느 날 밤 네가 나타났지
미칠 듯 한 통증에
밤새도록 잠 못 이루었지
쉽게 멈출 거라 생각했지
이러다 말겠지
몸의 일부로 받아들이려 했지
하지만 처음부터 너는 남들과 달랐어
풋과일처럼 철들지 않은
오늘은 어제보다 더 찌르네

결심했어 너를 뽑기로!
넌 나빠 원래부터 있던 다른 사랑을
은근히 안 들키게 밀어내는 거야
넌 미워 너무 늦게 나타났어
뽑아낸다 해도
너의 빈자리 그대로 있겠지만

책 버리는 날

그대 만나고 내 강아지를 창밖으로 던졌다
잔인하고 매몰차게
강아지1 강아지2 이하 강3 강4 강N+1 강N+2
동이도 던지고 별이도 내던지고
내 살붙이가 떨어져 나간다

17년 컬렉션이 반쪽이 난다
죽어도 못 보내는 강아지는 표지부터 X자 표시를 한다
마치 게토의 유태인 표식처럼 터부시한다
열몇 번을 읽었나—그러나 버린다
그래야 내가 변할 수 있다
그래야 내가 살아갈 수 있다
그래야 내가 다시 사랑할 수 있다

Welcome to new world
만나서 반가워요 알파고 씨

내 남친

내 남친의 가방은
학교 앞 문방구 같아요
내가 원하는 건 뭐든 나와요

내 남친 눈은 특별해요
예쁜 여자가 지나가면
동시에 양쪽을 다 쳐다봐요

내 남친은 건망증이 심해요
조금 전 사랑한다 해놓고
또 사랑한대요

내 남친과 데이트는
어릴 때 아껴먹던 초콜릿 같아요
아무리 아껴 먹어도 한순간 지나가요

내 남친은 내기도 잘해요
글쎄 자기 모든 걸
나에게 걸었대요

내 남친은 정말 순수해요
태어나서 단 한 번도
누구랑 키스한 적 없대요

내 남친은 자기가 의사인 줄 알아요
머리가 아프다 해도
배부터 만져요

내 남친은 자주 귀가 먹어요
내가 옛 남친 이야기하면
아무것도 안 들린대요

내 남친은 중환자예요
저와 헤어지면 물 한 모금
호흡 하나 들이키지 못해요

한 줄 옴니버스 (오랜만에 만난 친구들의 한 줄 쓰기)

률 그는 유턴을 하였다

석 왜 직진은 할 수 없었을까?

준 거친 유턴에 그녀의 미소를 부았는데

영 "정 대리님 터프하시네요"

지 벌점 80, 운전면허 30일 정지

률 그날 남은 건 오직 후회뿐

률 십여 년이 지난 것 같다

석 이 거울 속의 너는 누구니?

준 지나가 버린 것이 모습뿐일까?

영 시간들 많은 생각들

지 하지만 오늘 아침 난 다시 새롭게 태어날 거야

률 62% 다크초콜릿

석 물을 마셔도 쓴맛이 없어지지 않는다

준 겉보기와 달리 달콤함은

영 그녀의 향이 배어 있기 때문일까?

　　62% 카카오 + 38% 그녀 향 = 100% 초콜릿

　　매력적이다

지 빠질 수밖에 없는 나만의 그녀